Au moment de l'**heure des histoires**, tandis que l'un regarde les images et l'autre lit le texte, une relation s'enrichit, une personnalité se construit, naturellement, durablement.

Pourquoi ? Parce que la lecture partagée est une expérience irremplaçable, un vrai point de rencontre. Parce qu'elle développe chez nos enfants la capacité à être attentif, à écouter, à regarder, à s'exprimer. Elle élargit leur horizon et accroît leur chance de devenir de bons lecteurs.

Quand ? Tous les jours, le soir, avant de s'endormir, mais aussi à l'heure de la sieste, pendant les voyages, trajets, attentes... La lecture partagée permet de retrouver calme et bonne humeur.

Où ? Là où l'on se sent bien, confortablement installé, écrans éteints... Dans un espace affectif de confiance et en s'assurant, bien sûr, que l'enfant voit parfaitement les illustrations.

Comment ? Avec enthousiasme, sans réticence à lire « encore une fois » un livre favori, en suscitant l'attention de l'enfant par le respect du rythme, des temps forts, de l'intonation.

En hommage à
Ornette Coleman

Traduction d'Anne Krief

ISBN : 978-2-07-063224-4
Titre original : *Igor, The Bird Who Couldn't Sing*
Publié par Andersen Press Ltd., Londres
© Satoshi Kitamura, 2005, pour le texte et les illustrations
© Gallimard Jeunesse, 2005, pour la traduction française,
2010 pour la présente édition
Numéro d'édition : 173733
Loi n° 49-956 du 16 juillet 1949
sur les publications destinées à la jeunesse
Dépôt légal : avril 2010
Imprimé en France par I.M.E.

SATOSHI KITAMURA

L'oiseau qui ne savait pas chanter

GALLIMARD JEUNESSE

Le printemps est arrivé!
Après le long hiver silencieux,
le temps de la musique
était revenu.
Igor était tout ému.
Il savait que le printemps était
la saison des chansons.
Il était impatient de chanter
pour la première fois de sa vie.

Donc, lorsque le concert de l'aube a commencé, Igor a ouvert un large bec et s'est joint au chœur des oiseaux. Mais...

– Quelle horreur !
s'est plaint un oiseau.
– Qui a gâché notre morceau ?
a demandé un autre.
– C'est Igor, a répondu un troisième.
Il chante complètement faux !
– Ah ! bon, a balbutié Igor.
C'est vrai ?

Igor est rentré chez lui
et s'est mis au travail.
Il s'est servi d'un métronome
et d'un diapason.
Il a fait des gammes,
des arpèges et des exercices
de toutes sortes.
Après une semaine de travail
assidu, Igor a estimé qu'il avait
fait de gros progrès.

Alors il est retourné voir ses amis
et leur a chanté quelque chose.
Ils sont tous tombés de l'arbre,
écroulés de rire.

« Peut-être devrais-je prendre
quelques sérieux cours
de chant », s'est dit Igor.
Il est allé voir madame l'Oie,
professeur très réputé.
– Pas de problème, a dit madame
l'Oie, je m'occupe de vous.
Chanter, c'est très facile et
à la portée de n'importe qui.

– Monsieur Igor,
vous allez m'écouter chanter
et reprendre après moi...

– Un, deux, trois! Un, deux, trois!
Suivez le rythme, monsieur Igor!...

– Pas si vite! Pas si fort!
Oh! s'il vous plaît, monsieur Igor...

Mais, après quelques cours, madame l'Oie s'est mise
à chanter comme Igor !
– Monsieur Igor, a-t-elle dit en faisant trois couacs,
j'ai fait tout ce que j'ai pu. Je suis désolée. J'ai échoué.

Igor était effondré.
– Je ne suis pas doué, a-t-il
conclu. J'adore la musique,
mais je suis un oiseau qui ne sait
pas chanter. Oh! comme je me
déteste!
Et il décida de ne plus jamais
chanter de la vie.

Le problème, c'est que partout où allait Igor,
il y avait toujours quelqu'un pour jouer de la
musique ou en écouter. Ce qui rendait Igor
fort triste et un peu jaloux.

Il aurait bien aimé échapper à tout cela,
mais ce n'était pas si simple...

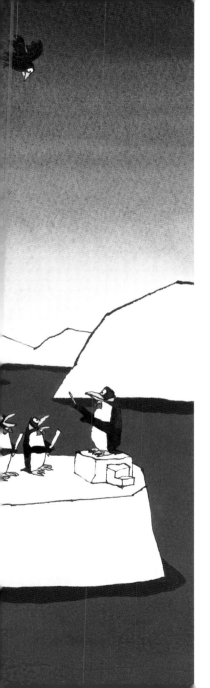

Enfin, quelques jours plus tard, Igor est arrivé en vue d'une vaste plaine désertique et a décidé de reposer un peu ses ailes en haut d'un gros rocher.

C'était un endroit très calme.
Seuls les vents chuchotaient de temps à autre.
Igor a regardé autour de lui.
« C'est plutôt tranquille par ici », s'est-il dit.
Il a donc ramassé quelques brindilles
pour se bâtir un nid.

Un soir, alors qu'il était perché sur son nid,
Igor a vu un coucher de soleil.
Tout le ciel était embrasé.
C'était si beau qu'Igor ne savait plus
s'il devait s'en réjouir ou s'en attrister.

Et brusquement, il a eu envie de chanter.

Il a vérifié qu'il n'y avait personne
alentour pour l'entendre
et il a commencé.

Igor a chanté tant et plus.
Et en chantant, il sentait sa musique
s'élever et virevolter dans l'air du soir.
Il était heureux ; il était libre.

Quand soudain, le rocher a bougé...

... et parlé :
– Quelle musique extraordinaire !
Ce n'était pas un rocher.
C'était un oiseau géant.
– Mais je ne sais pas chanter,
s'est étonné Igor.
– Au contraire ! s'est exclamé
l'oiseau géant. Vous avez un style
très original ! Il m'a réveillé d'un
très long sommeil. Pour la
première fois depuis des siècles,
j'ai envie de chanter, moi aussi.
Puis-je chanter avec vous ?
Nous chanterons en duo !

Aussitôt dit, aussitôt fait.
Ils ont chanté ensemble,
emplissant le ciel de notes merveilleuses.

Ils ne se sont arrêtés qu'au lever du soleil.
– N'était-ce pas fabuleux ? a demandé l'oiseau
géant. À propos, je m'appelle Dodo. Puis-je savoir
à qui j'ai l'honneur ?
– Je suis Igor, a répondu Igor.
– Très bien, Igor. Faisons un groupe. Nous partirons
en tournée tous les deux. Nous jouerons dans
le monde entier ! Allez, c'est d'accord ?
– D'accord, Dodo, allons-y ! a accepté Igor avec
un grand sourire.

L'auteur-illustrateur

Sans avoir suivi de formation artistique spécifique,
Satoshi Kitamura commence dès 19 ans, à Tokyo, à realiser
des illustrations pour la publicité et la presse. Il admet volontiers
que les bandes dessinées dévorées pendant son enfance ont influencé
son style, mais c'est aussi son regard affûté sur l'art mondial qui
façonne sa personnalité artistique remarquable.
Très vite après son arrivée à Londres, il publie *La Colère d'Arthur*,
écrit par Hiawyn Oram, et connaît un succès honorable et immédiat.
Suivent *Moi et mon chat*, *Les aventures de Trott*, *Un jour d'école
ordinaire*, *L'oiseau qui ne savait pas chanter*, *Pablo l'artiste*...
Il vit toujours à Londres mais retourne souvent au Japon
où il poursuit sa carrière de peintre.

Dans la même collection

n° 1 *Le vilain gredin*
par Jeanne Willis
et Tony Ross

n° 2 *La sorcière Camembert*
par Patrice Leo

n° 4 *La première fois
que je suis née*
par Vincent Cuvellier
et Charles Dutertre

n° 5 *Je veux ma maman!*
par Tony Ross

n° 6 *Petit Fantôme*
par Ramona Bădescu et
Chiaki Miyamoto

n° 7 *Petit dragon*
par Christoph Niemann

n° 8 *Une faim de crocodile*
par Pittau et Gervais

n° 9 *2 petites mains
et 2 petits pieds*
par Mem Fox
et Helen Oxenbury

n° 10 *La poule verte*
par Antonin Poirée
et David Drutinus

n° 11 *Quel vilain rhino!*
par Jeanne Willis
et Tony Ross

n° 12 *Peau noire peau blanche*
par Yves Bichet
et Mireille Vautier

n° 13 *Il y a un cauchemar
dans mon placard*
par Mercer Mayer

n° 14 *Clown*
par Quentin Blake

n° 15 *Je veux mon p'tipot!*
par Tony Ross

n° 17 *Une histoire sombre,
très sombre*
par Ruth Brown

n° 18 *L'énorme crocodile*
par Roald Dalh
et Quentin Blake

n° 19 *La belle lisse poire
du prince de Motordu*
par Pef

n° 21 *La promesse*
par Jeanne Willis
et Tony Ross

n° 22 *Gruffalo*
par Julia Donaldson
et Axel Scheffler

n° 24 *Tu ne peux pas
m'attraper!*
par Michael Foreman

n° 26 *Le Petit Chaperon rouge*
par Charles Perrault
et Georg Hallensleben

n° 28 *Oh là là !*
par Colin McNaughton

n° 29 *Le Chat Botté*
par Charles Perrault
et Fred Marcellino